Oliver Scherz        Katja Gehrmann

# Als das
# Faultier
## mit seinem
# Baum
### verschwand

**BELTZ**
**& Gelberg**

In einem weit entfernten Land,
in dem es heiß und feucht ist, wachsen
die Bäume so hoch, dass sie Urwaldriesen
heißen. Sie stehen so dicht zusammen,
dass sie ihre Wipfel aneinanderschmiegen
und sich mit den Ästen umarmen.
In einem dieser großen Bäume hängt ein Faultier
und schläft. Die Blätter streichen ihm über den Rücken
und die Sonne scheint ihm auf das Fell. Das Faultier
kennt keinen gemütlicheren Platz auf der Welt. Es braucht
von keinem anderen Ort zu träumen. Es träumt nur vom
Flüstern der Blätter und dem Schaukeln der Äste.

Die langen Arme hat das Faultier fest um seinen Stamm geschlungen. Das Moos von der Rinde blüht längst auch in seinem Fell, so sehr ist das Faultier schon mit seinem Baum verwachsen. Es schläft ganz ruhig und riecht den Duft von Holz und süßen Blüten. Und ein altes Astauge bewacht es Tag und Nacht. So war das jedenfalls immer.

Und so schläft das Faultier auch an dem Tag tief und
fest, an dem der Baum gefällt wird. Die Flughörnchen stürzen
sich von den Ästen und die Affen fliehen kreischend in den Wald.
Doch nichts kreischt so laut wie die Säge. Sie frisst sich mit
großem Hunger in den Stamm. Dann kracht der Baum
mitsamt dem Faultier schwer und dumpf zu Boden.

Das Faultier aber schläft weiter. Es träumt davon, wie man den
Baum aus seinem Wald herausträgt. Es träumt von einem Schiff,
auf dem ganz viele Bäume liegen, nebeneinander und übereinander.
Sie haben keine Äste mehr, und auch der Baum des Faultiers ist
nur noch ein kahler Stamm. Was für ein seltsamer Traum, denkt das
Faultier.
Im Schlaf hört es die Wellen. Sie rauschen wie die Blätter im Wald,
während das Schiff übers Meer und um die halbe Welt fährt.

Die Reise führt durch Tag und Nacht. Über Wasser und über Land.
Bis dorthin, wo die Schornsteine rauchen und viele Maschinen dröhnen.
Hier kann das Faultier nicht mehr schlafen. Es dreht sich unruhig
hin und her und öffnet vorsichtig ein Auge. Da sieht es spitze Krallen
aus Stahl und ringsherum sind Baumstämme zu hohen Bergen
gestapelt. Das Faultier fällt vor Schreck vom Stamm, denn seinen
Wald erkennt es nicht wieder.

Schon tragen die scharfen Krallen die Bäume in eine große Halle. Auch der Baum des Faultiers ist bald darin verschwunden. Und so lange das Faultier auch wartet, er kommt nicht wieder heraus.

Da wirft das Faultier einen Blick hinter die große Halle und reibt sich verwundert die Augen: Dort türmen sich lauter Tische und Stühle. Wie Bäume wachsen sie hoch in den Himmel!

Nur Bäume, wie das Faultier sie kennt, gibt es hier nicht.
Ein Baum steht doch nicht auf vier Beinen. Ein Baum ist nicht
glatt und gerade, sondern knorrig und krumm.
Das Faultier setzt sich auf einen Stuhl. Da sieht es auf einmal das
Astauge auf dem Sitz, das alte Auge seines Baumes! Und schneller
als für Faultiere üblich, schlingt das Faultier seine Arme gleich
zweimal um den Sitz. Denn ob sein Baum nun ein Stuhl ist oder
der Stuhl sein Baum – nie wieder will es ihn loslassen.

Auch als der Stuhl im Laden verkauft wird, klammert sich
das Faultier weiter an ihm fest.
»Den will ich haben«, sagt ein Junge und zeigt auf den Stuhl.
»Ja, der Stuhl ist schön«, sagt sein Vater. »Aber das Faultier
brauchen wir nicht …«
»Nichts zu machen«, meint der Verkäufer und zuckt mit den
Schultern. »Der Stuhl wurde so geliefert. Das Tier gehört dazu.«
Und so kauft der Vater den Stuhl mit Faultier. Ihm bleibt ja
nichts anderes übrig.

Zuhause sitzt die Familie mit dem Faultier am Tisch.
Hier riecht es nach Wurst und Käse und am Fenster klebt
ein Stern aus Papier.
»Wieso guckt das Faultier so traurig?«, fragt der Junge,
der Paul heißt.

»Vielleicht mag es sein Abendbrot nicht«, überlegt der Vater.
»Wo kommt es eigentlich her?«, fragt Paul.
»Faultiere leben im Urwald«, sagt die Mutter.
Paul schaut aus dem Fenster. Wie weit es wohl bis zum Urwald ist?

In der Nacht kann Paul nicht schlafen.
Er denkt an den Urwald und daran,
wie sehr man sein Zuhause manchmal
vermisst. Er schleicht in die Küche zum
Faultier und streichelt ihm über das Fell.

»Bestimmt träumst du vom
Urwald«, flüstert er. »Von Affen
und Lianen und Bäumen, die wie
Riesen sind. Willst du lieber zurück?«

Noch in derselben Nacht bastelt
Paul aus alten Kartons und Papier,
mit Klebestreifen und Schnüren
ein überseegroßes Paket.

»Das ist für dich«, flüstert er dem
Faultier zu und will es vom Stuhl ins
Paket heben. Aber das Faultier hält
sich so fest, dass Paul es nur mit dem
Stuhl zusammen verpacken und
verschnüren kann.

»Gute Reise!«, wünscht er dem Faultier und stellt das Paket vor die Tür.

Als das Faultier aufwacht, ist es wieder mitten im Urwald. Verschlafen sitzt es auf seinem Baum, dem Baum mit den vier Beinen. Den haben die Pflanzen des Waldes bald von Fuß bis Kopf überwuchert. Ihre Blätter streichen dem Faultier liebevoll über den Rücken. Und fast kommt es dem Faultier so vor, als habe es in letzter Zeit einfach nur seltsam geträumt.

*Oliver Scherz,* geboren 1974, studierte Schauspiel an der Hochschule für Musik und Theater in Leipzig und lebt als Schauspieler und Kinderbuchautor mit seiner Familie in Berlin. Zuletzt erschien von ihm bei Beltz & Gelberg das Bilderbuch *Der kleine Erdvogel* (Bilder von Eva Muggenthaler). www.oliverscherz-autor.de

*Katja Gehrmann,* geboren 1968, studierte in Mexiko, Spanien und an der Fachhochschule für Gestaltung in Hamburg Illustration und lebt mit ihrer Familie in Hamburg. Sie veröffentlichte schon viele Bilderbücher, für *Gans der Bär* bekam sie das Troisdorfer Bilderbuch-Stipendium. Bei Beltz & Gelberg erschienen von ihr die Bilderbuch *Für immer* (Text von Kai Lüftner) und (Texte von Heinz Janisch) *Keine Angst vor Löwen!* www.katjagehrmann.de

© 2015 Beltz & Gelberg
Verlagsgruppe Beltz
Werderstraße 10, 69469 Weinheim
service@beltz.de
Alle Rechte vorbehalten
Einband: Katja Gehrmann
Einbandgestaltung: Franziska Walther
Satz und Herstellung: Sarah Veith
Druck und Bindung: Beltz Grafische Betriebe, Bad Langensalza
Beltz Grafische Betriebe ist ein Unternehmen mit finanziellem Klimabeitrag
(ID 15985-2104-1001)
Printed in Germany
8 9 10 11  28 27 26 25

Weitere Informationen zu unseren Autor:innen und Titeln finden Sie unter:
www.beltz.de